AF460920

1900 - Novembre 16.

VENTE
des Vendredi 16 et Samedi 17 novembre 1900
HOTEL DROUOT, SALLE N° 11
A 2 HEURES ET QUART

DIAMANTS — BIJOUX
ARGENTERIE
OBJETS DE VITRINE
Marbres, Bronzes, Céramiques
DESSINS ET TABLEAUX MODERNES
MOBILIER DE STYLE
PIANO DE GAVEAU
TENTURES — TAPIS — ÉTOFFES

Me F. LAIR-DUBREUIL
Commissaire-Priseur
Successeur de Me G. DUCHESNE
6 — Rue de Hanovre — 6

M. A. BLOCHE
EXPERT PRÈS LA COUR D'APPEL
28, rue de Châteaudun, 28

EXPOSITION PUBLIQUE
LE JEUDI 15 NOVEMBRE 1900
de 2 heures à 6 heures

CONDITIONS DE LA VENTE

Elle sera faite au comptant.

Les acquéreurs paieront 5 o/o en sus du prix d'adjudication.

L'exposition permettant au public de se rendre compte de la nature et de l'état des objets, il ne sera admis aucune réclamation une fois l'adjudication prononcée.

Paris. — Imp. Ménard et Chaufour, 8-10, rue Milton.

DÉSIGNATION

BIJOUX OBJETS DE VITRINE

1 — Belle paire de Boutons d'oreilles montés chacun d'un gros brillant, 9 carats 1/8.

2 — Epingle de cravate en argent doré avec camée.

3 — Médaillon or et perles fines.

4 — Parure en pierres de fantaisie composée d'une croix et de deux pendants d'oreilles.

5 — Face à main en écaille.

6 — Bracelet en or enrichi de brillants.

7 — Bague enrichie de perles et de brillants.

8 — Paire de boucles d'oreilles perles.

9 — Bague marquise en brillants

10 — Bague enrichie d'un saphir et de brillants.

11 — Paire de boucles d'oreilles brillants solitaires.

12 — Broche enrichie de diamants.

13 — Chaîne sautoir en or enrichie de perles

14 à 19 — Divers bijoux de fantaisie.

20 à 21 — Deux paires de grands pendants d'oreilles en cailloux du Rhin, montures en or et argent. Époque Louis XVI.

22 — Montre de dame à remontoir en or.

23 — Petite broche en or émaillé.

24 — Broche barette camée, monture or enrichie de perles et de roses.

25 — Monture de broche en or émaillé bleu enrichie de perles fines.

26 — Bague en or avec mozaïque représentant St-Pierre de Rome.

27 — Paire de très grands pendants d'oreilles anciens, forme lustre en cristal de roche avec pendeloques en wedgwood, monture or émaillé.

28 — Deux émaux ovales portraits du roi Louis XVI et de la reine Marie-Antoinette cadres à filigranes à nœuds de rubans.

29 — Béquille forme tête de chien en porcelaine de Saxe, décor à petits médaillons et rocailles.

30 — Deux petites mandolines en écaille incrustée de nacre.

31 — Quatre tasses avec soucoupes en porcelaine pâte tendre, fond bleu, turquoise, médaillons à volatiles.

32 — Deux portraits historiques d'homme et de femme Louis XIV, miniatures dans un même cadre de style en bronze doré.

33 — Petit flacon en émail forme bébé.

34 — Petite montre Louis XVI, boitier orné d'un émail sujet champêtre, entourage en strass.

35 — Scarabée.

36 — Salière double en émail de Limoges, émail à écussons fleuris de lys et têtes de personnages.

37 — Salière à trois compartiments en émail de Limoges, à écussons et têtes de personnages.

38 — Poudrière en ivoire sculpté offrant d'un coté deux médaillons de roi et de

reine surmontés d'un écusson fleurdelysé et de l'autre une chasse au cerf.

39 — Porte-cartes en nacre.

40 — Peigne ancien en ivoire sculpté.

41 — Broche ronde ornée d'un camée, tête de femme casquée.

42 — Montre Louis XVI, boîtier orné d'un émail à sujet champêtre, entourage en strass.

43 — Montre Louis XVI, boîtier orné d'un émail : Enfant présentant une corbeille de fleurs à sa mère, cadran avec entourage en strass.

44 — Miniature : Portrait de femme en costume rose Louis XV et tenant une canne.

45 — Miniature ovale : L'Automne.

46 — Miniature sur parchemin représentant Jacques II.

47 — Plaque rectangulaire en émail de Limoges, représentant un encadrement à rinceaux et cariatides.

48 — Plaquette ronde en vernis de Brunswick représentant les Trois Grâces.

49 — Gaine en argent damasquiné.

50 — Coupe en émail de Limoges représentant un sujet mythologique.

51 — Trois miniatures anglaises : Portraits de femmes d'après Cosway.

52 — Miniature ronde : Portrait de la duchesse de Mailly représentée décolletée en costume marron, cadre en bronze doré.

53 — Miniature ovale : Portrait de femme en costume Empire, avec écharpe rouge.

54 — Miniature ovale : Portrait de femme Louis XVI en costume rose.

55 — Miniature rectangulaire : Portrait d'Anglaise en corsage et bonnet blanc.

56 à 58 — Trois petites statuettes d'enfants jouant de la grosse caisse, en argent émaillé et incrusté de perles et de nacre.

59 — Petite statuette de musicien, en argent émaillé incrusté de nacre et d'émeraudes.

60 — Chat en argent émaillé, incrusté de nacre.

61 — Deux petits socles en porcelaine décorée à fleurs.

62 — Tabatière en émail, fond bleu, décorée de médaillons représentant des marines.

63 — Face à main en écaille.

64 — Etui en émail, fond blanc, avec médaillons à fleurs.

65 — Moitié d'étui, fond blanc, avec médaillons à fleurs.

66 — Petite salière ronde en émail, fond blanc à fleurs.

67 — Deux broches et un pendant d'oreilles en mosaïque italienne.

68 — Plaquette en ivoire sculpté représentant Napoléon Ier.

69 — Plaque ronde en émail de Limoges, représentant Cosnis II.

70 — Miniature ovale : portrait de femme du Directoire avec corsage bleu et chapeau avec rubans bleus.

71 — Email ovale : portrait d'homme, Louis XIV, en grisaille.

72 — Deux petits bustes en ivoire encadré, sur fond de velours bleu et représentant Marie Stuart et Elisabeth.

73 — Miniature : Portrait de madame de Saintonge. Cadre en bronze.

74 — Peinture sur cuivre : L'Annonciation. Cadre bois sculpté.

75 — Gravure coloriée. Cadre bois sculpté.

76 — Montre de Vienne en argent émaillé.

77 à 87 — Suite d'objets de vitrine et d'étagère.

88 — Miniature ronde : Portrait de femme en costume noir avec chapeau orné de plumes rouges.

89 — Miniature ovale : Portrait de femme en grisaille.

90 — Petite gravure sur soie : Portrait de Louis XVI.

91 — Croix en cuivre ciselé.

92 — Petite croix de la Légion d'honneur en argent émaillé.

93 — Croix en cuivre émaillé.

94 — Croix et cœur.

95 — Deux boutons reliés par une chaînette en or serti de pierres bleues et rouges.

96 — Deux boutons ornés de strass et pierres rouges.

ARGENTERIE

97 — Beau service de table en argent, dessin à consoles et guirlandes de style Louis XV composé d'un huilier, deux moutardières et huit double salières bouts de table.

98 — Gobelet et couvercle en cuivre repoussé et argenté. Époque Louis XIII.

99 — Cafetière en argent.

100 — Pince à sucre en argent.

101 — Cuiller à sucre en argent.

102 — Deux cuiliers à ragout en argent.

103 — Six cuillers à café en vermeil.

104 — Porte-flacons en métal argenté garni de deux carafes et un sucrier cristal,

105 — Douze couteaux, manche argent.

106 — Service à poisson, manche argent.

107 — Service à glace, manche argent.

108 — Service à hors d'œuvre de quatre pièces avec manche argent.

OBJETS D'ART

109 — Groupe en bronze de CARRIER BELLEUSE.

110 — Deux statuettes en bronze : Faune et faunette signées MORIN.

111 — Suspension de salle à manger en cuivre poli préparée pour le gaz.

112 — Statuette en terre cuite : La Esmeralda. de MOREAU.

113 — Petit coffre en ancien bronze de Chine.

114 — Paire de vases en porcelaine de Chine.

115 — Pendule et deux candélabres en porcelaine de Saxe représentant les Saisons.

116 — Deux appliques en porcelaine de Saxe à quatre lumières.

117 — Lustre en porcelaine de Saxe.

118 — Quatre statuettes en porcelaine de Saxe.

119 — Paires de grands vases en porcelaine de Chine.

120 — Glace médaillon de forme ovale, cadre en porcelaine de Saxe.

121 — Quatre châssis de fenêtres en Saxe.

122 — Beau groupe en bronze patine verte : Don Quichotte et Sancho Pança, signé CHERA.

123 — Buste de Diane en marbre blanc.

124 — Buste d'enfant en marbre blanc.

125 — Statuette d'enfant aux raisins.

126 — Buste de femme en marbre blanc.

127 — Buste en marbre : L'Harmonie.

128 — Christ en ivoire, cadre doré Louis XVI.

129 — Deux candélabres en bronze doré de style gothique.

130 — Petit cadre en bois sculpté Louis XIV.

131 — Petit cadre en bois sculpté décoré de marguerites aux quatre angles.

132 — Jardinière ancienne en cuivre repoussé.

133 — Deux plats en faïence de Faënza.

134 — Plat ovale en faïence de Faënza.

135 — Petit plat ovale en faïence de Faënza.

136 — Deux assiettes en ancienne porcelaine du Japon.

137 — Assiette en faïence, décor polychrome.

138 — Petit buste en terre cuite représentant Diderot.

139 — Buste en terre cuite représentant Jacques Cartier.

140 — Gros objectif à photographies de la Maison LEREBOURG et SECRÉTAN.

141 — Album de timbres poste comprenant environ huit cents timbres.

142 — Canne ancienne, sculptures à grotesques.

143 — Pipe allemande à long tuyau.

144 — Grande pipe en écume sculptée.

145 — Petite tasse mignonnette et sa soucoupe en porcelaine décorée, à sujets WATTEAU.

146 — Deux cadres anciens en bois sculpté et doré.

147 — Cent six sapèques chinoises en bronze.

148 — Six pierres en argent, sapèques, etc.

149 — Deux brûle-parfums en bronze chinois : Eléphants portant une tour.

150 — Diptyque, bois sculpté, travail chinois.

151 — Huit pièces : œufs d'autriche, coquilles en nacre, etc.

152 — Deux casse-tête calédonien et taïtien, et un bâton d'aloës.

153 — Gourde, plat de Tamanou, Tapa, poignard, couronne de Rosière, filet carnier, filet avec sept pierres de fronde, drap provenant de l'arbre à matelas (8 pièces).

154 — Quatre pièces en porcelaine et faïence : coupe, petite soupière et tasses à déjeuner.

155 — Statuette en terre cuite : Baigneuse, de Carpeaux.

156 — Pendule en marbre bleu turquoise et bronze. Epoque Louis XVI.

TABLEAUX, DESSINS

APPIAU (1874)

157 — *Paysage, bord de rivière.*

BRAMTOT

158 — *Partie de Campagne.*

Etude.

BRUGAIROLLES

159 — *Marine, vue prise à Yport.*

CGURBET (attribué à)

160 — *Tête de biche.*

DE COURTEN

161 — *Soldat du temps de Louis XVI.*

Aquarelle.

DIAZ

162 — *Paysage d'hiver.*

Dessin.

DIAZ (attribué à)

163 — *Paysage,*

FALERS

164 — *Les Espagnoles.*

JACQUE (Ch.)

165 — *Nature morte.*

JACQUE (Ch.)

166 — *Figure de berger.*

Dessin.

JACQUE (Ch.)

167 — *Figure de paysanne.*

Dessin.

JOINVILLE (E.)

168 — *Copie d'un tableau de Meissonier.*

LOS RIOS

169 — *Intérieur.*

LEWIS BROWN (John)

170 — *Un tandem.*

DE POMMAYRAC

171 — *Lévrier.*

VERCHAIN

172 — *La Place de la Concorde.*

173 — *Le Louvre vu de la Seine.*

Deux aquarelles.

ECOLE FRANÇAISE

174 — *Etude de Paysage.*

ECOLE FRANÇAISE

175 — *Portrait de femme en costume Louis XV.*

Pastel.

ECOLE ITALIENNE

176 — *Sainte Famille*

ÉCOLE MODERNE

177 — *Paysage.*

Crayon noir rehaussé.

MEUBLES

178 — Piano quart de queue, de GAVEAU.

179 — Belle chambre à coucher de style Louis XVI en noyer sculpté, parties dorées,

et orné de peintures, composé d'un lit, d'une armoire à glace et d'une table de nuit.

180 — Tabouret de piano en bois noir et filets dorés.

181 — Casier à musique en palissandre.

182 — Deux chaises légères Louis XVI, en bois doré.

183 — Chaise longue Louis XVI, en bois sculpté et recouverte de soierie ancienne, avec coussins.

184 — Commode Louis XVI.

185 — Glace japonaise en noyer sculpté rehaussé d'or, et ornée.

186 — Salle à manger en noyer sculpté, composée d'un grand buffet, une desserte, une table et huit chaises recouvertes de cuir.

187 — Toilette en bambou, dessus en marbre.

188 — Glace cadre en bambou.

189 — Table à volets en noyer sculpté.

190 — Table à ouvrage.

191 — Armoire normande en chêne sculpté.

192 — Support d'appliques en bois sculpté et doré.

193 — Table à jeu Louis XVI en marqueterie de bois et ornée de bronzes.

194 — Petite vitrine Louis XVI en acajou orné de bronzes avec panneaux en vernis Martin.

195 — Pied en noyer sculpté.

196 — Deux supports orientaux.

197 — Pied en bois noir.

198 — Deux chaises anglaises dites chauffeuses, recouvertes en soierie et peluche.

199 — Support d'appliques en bois sculpté et doré.

200 — Deux fauteuils Louis XVI en noyer sculpté couverts en étoffe à rayures.

201 — Deux chaises Louis XVI en noyer sculpté couvertes en étoffes à rayures.

202 — Petite table rognon Louis XVI en acajou orné de bronzes ciselés et dorés.

203 — Deux chaises légères en bois doré.

204 — Chaise en bois noir foncé de canne.

205 — Guéridon Empire avec dessus de maison.

206 — Fauteuil Henri II en bois sculpté, couvert en étoffe brodée.

207 — Tabouret en bois sculpté Louis XVI, couvert en tapisserie au point à fleurs.

208 — Soufflet style Renaissance.

209 à 214 — Meubles courants.

215 à 219 — Tentures.

220 à 225 — Literie.

TAPIS, ÉTOFFES, TENTURES

226 — Galerie de foyer orientale.

227 — Trois coussins.

228 — Trois blasons en broderie.

229 — Carpette orientale.

230 — Coussin brodé.

231 — Trois pièces en étoffes anciennes, robe d'enfant et petits tapis.

232 — Grand tapis moquette de 6 m. 50 de longueur.

233 — Objets omis.

www.ingramcontent.com/pod-product-compliance
Ingram Content Group UK Ltd.
Pitfield, Milton Keynes, MK11 3LW, UK
UKHW020227180726
13838UKWH00005B/2243

9 782329 341248